SUCCESSION

DE

Mlle Eugénie FOUGÈRE

ÉLÉGANT MOBILIER

Argenterie

OBJETS D'ART -- TABLEAUX

Garde-Robe — Lingerie

FOURRURES

Me F. LAIR DUBREUIL, Commissaire-Priseur

M. Arthur BLOCHE, Expert près la Cour d'Appel

PARIS. — IMPRIMERIE C. CHAUFOUR
8-10, Rue Milton, 8-10

CATALOGUE

D'UN

ÉLÉGANT MOBILIER

provenant en partie de la Maison JANSEN

PIANO DEMI-QUEUE DE PLEYEL

Riches Tentures — Tapis

BELLE GARDE-ROBE — DENTELLES — LINGERIE — LINGE DE TABLE

FOURRURES

Argenterie de Table et de Toilette

BIJOUX — ÉVENTAILS

MINIATURES, PORCELAINES DE SAXE

Bronzes de BARBEDIENNE et de THIÉBAUT — Sculptures

TABLEAUX — PASTELS — GRAVURES

Objets divers

DONT LA VENTE AUX ENCHÈRES PUBLIQUES AURA LIEU

APRÈS DÉCÈS

de Mlle Eugénie FOUGÈRE

HOTEL DROUOT — SALLE N° 1

Les Mardi 1er et Mercredi 2 Décembre 1903

et SALLE N° 11, le Jeudi 3 Décembre

A 2 HEURES PRÉCISES

Me F. LAIR-DUBREUIL	M. ARTHUR BLOCHE
COMMISSAIRE-PRISEUR	EXPERT PRÈS LA COUR D'APPEL
6, rue de Hanovre, 6	*51, rue Saint-Georges, 51*

Chez lesquels se trouve le présent catalogue

EXPOSITION PUBLIQUE

Le Lundi 30 Novembre 1903, de 2 heures à 6 heures

CONDITIONS DE LA VENTE

Elle aura lieu au comptant.

Les acquéreurs paieront dix centimes par franc en sus des adjudications.

Aucune réclamation ne sera admise une fois l'adjudication prononcée.

ORDRE DES VACATIONS

Mardi 1er décembre : Argenterie, objets de vitrine.

Mercredi 2 décembre : Objets d'art, bronzes, sculptures, objets divers, tableaux, gravures, mobilier, tentures, tapis.

Jeudi 3 décembre : Dentelles, guipures, fourrures, garderobe, lingerie, rideaux de vitrage, meubles et batterie de cuisine.

DÉSIGNATION

MOBILIER

1 — Beau meuble de salon composé d'un canapé et deux fauteuils en bois sculpté et doré, dessin à piécettes enfilées, rais de cœur, et cannelures, couvert en fine tapisserie d'Aubusson offrant des corbeilles fleuries suspendues par des nœuds de ruban enguirlandés de fleurs, au milieu de rinceaux, sur fond crème; contrefond vert pâle, style Louis XV.

2 — Jolie vitrine à trois faces et à contour, le bas en forme de console, en bois finement sculpté partie dorée, partie peint en blanc. Ornée de guirlandes de fleurs, de chutes et de coquilles, le fond gainé de damas de soie rose.

3 — Ameublement de salle à manger en noyer sculpté composé : 1° de deux buffets dressoirs,

s'ouvrant dans le milieu à deux tiroirs et à deux petites portes décorées de feuilles et branchages le bas en retraits dessus en marbre rouge veiné surmonté d'un fronton, offrant dans le haut une couronne de fruits et orné de quatre petites étagères feuillagées : 2° d'une table de même travail : 3° de deux fauteuils et six chaises recouverts de velours Liberty à fleurs et feuillages.

4 — Grand et beau lit de milieu de style Louis XVI, en bois laqué blanc et sculptures dorées, foncé de canne, le fronton est surmonté d'une couronne de roses, le bas offre un cartouche à carquois et guirlandes de roses suspendus à un nœud de ruban, bandeau à thyrses de laurier, surmonté d'un baldaquin avec rideaux en soie crème et guipure blanche, avec sa literie : sommier matelas et oreillers recouverts de satin rose.

5 — Commode de style Louis XVI, en marqueterie de bois à losanges, le milieu légèrement en ressaut, richement ornée de bronzes ciselés et dorés, bandeau à guirlandes de fleurs et rinceaux feuillagés, dessus en marbre brèche violacé; elle s'ouvre à deux tiroirs gainés de soie crème.

6 — Chaise à porteurs formant vitrine, fond d'or avec armoirie sur la porte, décor en couleur, intérieur garni de velours rouge, XVIIIe siècle.

7 — Paravent tryptique en bois finement sculpté et doré, dessin à piécettes enfilées, guirlandes de fleurs et nœuds de rubans, chaque panneau garni de soierie blanche finement brodée au passé, à corbeilles fleuries, cages d'oiseaux et attributs de pêche, suspendus par des nœuds de rubans au milieu d'élégants rinceaux fleuris; le milieu est foncé de canne dorée, les côtés sont surmontés de médaillons à fonds de glaces; le revers gainé de soierie rose, style Louis XVI.

8 — Paravent à quatre feuilles en bois sculpté peint en blanc garnie de soierie rayée et brochée fond clair et de petites glaces, le revers gainé de soierie rose pâle, style Louis XVI.

9 — Paravent de style Louis XVI, à quatre feuilles gaîné de soie blanche brochée à guirlandes de roses, le haut à petits carreaux de glaces.

10 — Petit écran, bois peint en blanc, panneau en soierie rose pâle, à broderie pailletée, avec cinq médaillons gravés en couleur, représentant des bustes de femmes en costume Marie-Antoinette.

11 — Piano demi-queue en bois noir sculpté, de Pleyel.

12 — Table ronde sur quatre pieds en bois d'acajou orné de bronzes ciselés et dorés, représentant des bacchanales d'enfants, des guirlandes

de fleurs et des chutes à pointes d'asperges, dessus en marbre brèche de Syrie. Style Louis XVI.

13 — Petite table-desserte en bois peint blanc, dessus en soierie moirée rose brodée avec gravure à sujet mythologique.

14 — Canapé Directoire en bois sculpté et laqué blanc à rubans enroulés et piécettes enfilées, recouvert de velours de Gênes vert à losanges fleuris.

15 — Grand canapé de style Louis XVI en bois sculpté et laqué blanc, dessin à perlés, rubans enroulés et feuilles d'acanthe, recouvert de soierie rose à treillages fleuris.

16 — Petit canapé en bois sculpté peint en gris, dessin à rubans et perlés, couvert en velours ciselé fond clair, dessin ton sur ton. Style Louis XVI.

17 — Chaise-longue en deux parties, de style Louis XVI, en bois laqué blanc parties dorées, dessin à rubans enroulés et feuilles d'acanthe, recouverte en velours de Gênes vieux rose à palmettes.

18 — Marquise, dossier à caisson en bois sculpté et doré, dessin à rocailles fleuronnées, couvert en soirie fond crème brochée à bouquets de fleurs. Style Louis XV.

19 — Bergère à oreilles de style Louis XVI, en bois sculpté laqué blanc, dessin à rubans enroulés et feuilles d'acanthe, recouverte de velours vert ciselé à fleurs et entrelacs.

20 — Bergère de style Louis XVI en bois laqué blanc, sculpture dorée à rubans enroulés, perlés et rais de cœur, foncée de canne, avec coussin en soie crème brochée à bouquets de fleurs.

21 — Bergère à oreillons en bois sculpté et doré, à perlés et feuillages, couverte en velours de Gênes fond rose pâle, dessin vert à fleurs et quadrillés de feuillage. Style Louis XVI.

22 — Deux petits fauteuils bas recouverts en velours ciselé vieux rose à fleurettes au milieu d'entrelacs.

23 — Table à coiffer en laque blanc, dessus à galerie ajourée, recouverte de soierie rose à treillages fleuris. Style Louis XVI.

24 — Petit meuble à étagères en noyer sculpté, le bas en retrait, le haut à voussures, et offrant dans le milieu des réserves à fond de glace et sur les côtés de petits compartiments s'ouvrant à une porte, ornés de petites glaces biseautées.

25 — Toilette en laqué blanc, dessus en marbre blanc à étagère surmonté d'une glace, montants à colonnettes cannelées. Style Louis XVI.

26 — Porte-manteaux formant banquette en noyer sculpté peint en blanc, à fond de glaces, le haut à voussure.

27 — Console recouverte de velours vert ciselé à fleurs et entrelacs, dessus en glace.

28 — Chaise légère de style Louis XVI en bois laqué blanc, sculptures dorées à rais de cœur, rubans et roses, foncée de canne.

29 — Petit fauteuil de bureau en laqué blanc foncé de canne, avec coussin en soierie rose à treillages fleuris. Style Louis XVI.

30 — Chaise basse à haut dossier en bois laqué blanc.

31 — Deux chaises légères en bois sculpté et doré foncés de canne. Style Louis XVI.

32 — Chaise basse à haut dossier en bois laqué blanc, foncée de canne dorée avec coussin en soie rayée rose et blanc brochée à fleurs.

33 — Petite table à étagère, bois sculpté doré au vernis dit Martin, dessin à rocailles. Style Louis XV.

34 — Petit guéridon desserte en bois d'acajou garni de bronzes, dessus en brocatelle d'Espagne. Style Louis XVI.

35 — Gaîne en noyer sculpté à torsade, le bas à feuilles d'acanthe, chapiteau à têtes de personnages et godrons.

36 — Petite table de style Louis XVI en bois laqué blanc, sculpture à rubans enroulés, rais de cœur et treillages fleuris, étagère foncée de canne; le dessus en marbre gris veiné.

37 — Tabouret de piano en bois sculpté et doré, couvert en soierie crème brochée à fleurs. Style Louis XVI.

38 — Casier à musique, forme lyre en bois sculpté, peint en blanc et rehaussé d'or.

39 — Petite table de style Louis XVI en bois laqué blanc, sculpté à perlés, rubans enroulés et rais de cœur; à deux étagères de glaces et tablette rentrante ornée d'une glace, dessus en onyx blanc.

40 — Petit chiffonnier en bois laqué blanc renfermant six cartons recouverts d'étoffe à fleurs.

41 — Petite table à deux étagères en bois laqué blanc et doré, décorée de peintures à fleurs et sujet galant.

42 — Petite table carré en bois laqué blanc recouverte de soierie rose et galons dorés.

43 — Petite table anglaise à étagère en bois laqué blanc, le haut à petits carreaux de glaces.

44 — Grande armoire normande en noyer sculpté avec tiroirs et placard à l'intérieur.

45 — Armoire anglaise en pitchpin s'ouvrant à deux portes dont une ornée de glaces et avec tiroir dans le bas.

46 — Table desserte en bois peint vert clair, dessus en carrelage de faïence.

47 — Grande glace psyché à deux volets sur les côtés, cadre en laqué blanc, fronton à couronne de roses de style Louis XVI.

48 — Glace-trumeau de style Louis XVI en bois laqué blanc, sculptures dorées à perlés et rubans enroulés, offrant sur les côtés des couronnes de fleurs et des épis de houblon au milieu de rubans et de guirlandes; le haut orné d'une peinture en camaïeu rouge représentant Diane au bain.

49 — Grande glace rectangulaire, cadre en velours vert frappé, dessin à quadrillés.

50 — Grande glace rectangulaire, cadre en bois peint blanc à filets.

51 — Glace ovale Louis XVI en bois laqué blanc, parties dorées, fronton à guirlande de roses.

52 — Petite étagère en bois laqué blanc avec porte vitrée.

53 — Etagère en incrustation de nacre.

54 — Etagère de coin en bois laqué blanc.

55 — Petite étagère en bois laqué blanc.

56 — Selle pour sculpture en bois laqué blanc.

57 — Support en bois sculpté peint blanc.

OBJETS D'ART

BRONZES, SCULPTURES, OBJETS VARIES

58 — Statuette en bronze, patine claire, la Diane de Falguière.

59 — Groupe en bronze, d'après Clodion : Le retour des champs.

60 — Groupe en marbre, l'Amour et Psyché, d'après Canova, sur socle en damas rose.

61 — Groupe en marbre : Les trois danseuses, d'après Canova.

62 — Statuette en biscuit, la Baigneuse d'Allegrain.

63 — Statuette en Albâtre, l'Aurore.

64 — Petite statuette en bronze à patine dorée, allégorie à la lune, signée J. Dorval, sur socle, fut de colonne cannelée, en marbre rouge royal ornée d'un tore de laurier.

65 — Petite coupe, forme coquille, accostée d'une figurine de femme en bronze à patine dorée, signée Faivre, édition Thiébaut.

66 — Statuette en bronze, allégorie à la lune, signée Denecheau.

67 — Groupe en bronze, chien de chasse et lièvre, signé Moigniez.

68 — Colonne en marbre de Languedoc violacée avec chapiteau et garniture en bronze doré.

69 — Petite pendule forme lyre en bronze ciselé e doré, cadran entouré de strass ; signé Boudet dans son écrin.

70 — Petite pendule de voyage avec son écrin.

71 — Lustre en bronze frotté d'or représentant une baigneuse au milieu de feuillages et de fleurs, à six lumières électriques.

72 — Plafonnier à sept lumières électriques en perles et pendeloques de cristal faceté.

73-74 — Deux plafonniers à l'électricité.

75 — Petit plafonnier à deux lumières électriques, en bronze ciselé parties dorés, formé par une corbeille fleurie accostée de deux figurines d'amours.

76 — Plafonnier en bronze ciselé et doré à trois lumières électriques, modèle à bouquets de roses.

77 — Applique de même travail à trois lumières électriques.

78 — Girandole de style Louis XV à six lumières en bronze ciselé et argenté, dessin à rocailles fleuronnées.

79 — Petite veilleuse électrique en bronze ciselé partie dorée formée par une figurine d'amour, tenant un vase enflammé; socle en onyx vert.

80 — Petite lampe formée par une statuette d'amour en bronze à patine noire, tenant une fleur à une lumière électrique, socle en onyx.

81 — Paire de lampes en bronze du Japon, décor aux dragons enroulés sur fond martelé, préparées pour l'électricité.

82 — Lampe colonne en cristal.

83 — Lampe électrique sur pied en métal nickelé.

84 — Devant de feu en bronze patine foncée et par tie dorée, représentant des Enfants se chauffant. Style Louis XVI.

84 *bis* — Porte pelle et pincette et éventail pare-étincelles.

85 — Devant de foyer, pelle et pincettes en cuivre poli.

86 — Porte-bouquet forme brûle-encens en bronze ciselé et doré à têtes de béliers et guirlandes de fleurs socle marbre rouge griotte. Style Louis XVI.

87 — Cornet en cristal gravé à fleurs, monture en métal doré à fleur de pavot.

88 — Paire de vases en porcelaine fond marbré, décor laqué à rehauts d'or et de couleur : volatiles dans des paysages, montés en candélabres à trois lumières électriques, gerbes de plantes d'eau.

89 — Grande vasque en faïence émaillée bleu turquoise, décor aux dragons au milieu de nuages dans le goût chinois, bordure à lambrequins.

90 — Grand porte-bouquet en faïence à col évasé forme branche d'arbre.

91 — Vase en cristal rouge rehaussé d'or, décoré de chrysanthèmes.

92 — Vase en grès flambé, décor à reflets métalliques à fleurs et volatiles, de Pierre Perret, à Valoris.

93 — Petit vase quadrilobé décoré de reines-marguerites à reflets métalliques de Pierre Perret à Valoris.

94 — Deux vases à longs cols et à panses lobées en faïence décor à bouquets de fleurs.

95 — Mascaron en terre cuite peinte, tête de bacchante.

96 — Bouteille en faïence de Nevers, décor en bleu, médaillons à paysages chinois.

97 — Porte-bouquet représentant une libellule au milieu d'une gourde, partie dorée, partie verdie, socle marbre onyx d'Algérie.

98 — Grand cornet porte-bouquet en verre couleur rubis.

99 — Deux petits porte-bouquets vert opale et irisé.

100 — Petit plateau de forme carrée et à anses plates en porcelaine de Paris décor à bouquets de fleurs.

101 — Petite cruche et deux verres en faïence bretonne.

102 — Boite forme éventail en porcelaine décorée genre Sèvres à rayures bleu et or et guirlandes de roses.

103 — Service à café en porcelaine décorée à bouquets de fleurettes, modèle à gaudrons et rehauts d'or, composé d'une cafetière, un sucrier, un pot à crème, cinq tasses et un plateau.

104 — Huit assiettes à dessert offrant au centre des portraits de reines et de princesses, bordure à lambrequins, guirlandes et fleurettes en rehauts d'or.

105 — Deux coupes à bonbons forme feuilles en porcelaine décorée à fleurs.

106 — Nombreux plats et assiettes en faïence décorée à fleurs, personnages et sujets divers.

107 — Service de table en porcelaine décor à semis de fleurettes.

108 — Service de table en faïence, décor aux chrysanthèmes.

109 — Glace ovale à chevalet, cadre en bronze ciselé et doré à tores de laurier, le haut à nœud de ruban et applique de guirlande de roses, style Louis XVI.

110 — Service de toilette monture en écaille, composé de six brosses, une glace, une corne à bottine, un ouvre gant, un polissoir à ongles, un crochet à bottines et une lime à ongle, de la maison Moutot.

111 — Guitare ornée d'incrustations de nacre, crosse à tête d'homme sculptée.

112 — Boîte en broderie avec gravure. Style Louis XVI.

113 — Plateau à fond de satin brodé à fleurs, avec gravure au centre.

113 *bis* — Petit coffret recouvert de soie brochée à panier fleuri.

114 — Coffret en acier guilloché.

115 — Petit coffret en acier.

116 — Porte-flacons en bois de luxe et marqueterie de cuivre, renfermant trois flacons monture en bronze doré.

117 — Boîte à gants recouverte de soierie brochée à fleurs.

118 — Brûle-parfums en cuivre ajouré, travail persan.

119 — Deux ronds de serviette en ivoire avec chiffre en argent.

ARGENTERIE

120 — Garniture de toilette composée de : un pot à eau et cuvette en vermeil ciselé, bordure à tores de lauriers et perlés, culot à feuilles d'eau, de cinq boites, de six flacons et d'un bol à éponge en cristal gravé, bouchons, couvercles et monture en vermeil, de la maison MOUTOT.

121 — Service à café de style Louis XV en argent ciselé à côtes tournantes, composé d'une cafetière, d'un sucrier et d'un petit pot à crème.

122 — Service à café et à thé en argent russe, décor gravé à grecque, lambrequins et ornements, bordure à perlés, composé d'une cafetière, d'une théière, d'un pot à crème, d'un sucrier, d'une corbeille à gâteaux et d'un passe thé.

123 — Deux plats ronds et deux plats longs en argent, bordure à contours et filets.

124 — Légumier avec couvercle en argent repoussé à fleurs et trophées d'attributs champêtres, posant sur quatre pieds ornés de cartouches à têtes de femmes.

125 — Légumier avec couvercle en argent ciselé et repoussé, de style Louis XV à anses plates, des sins à côtes tournantes et rocailles.

126 — Paire de bouts de table à trois lumières en vermeil ciselé, dessin à rocailles feuillagées et fleuronnées, style Louis XV.

127 — Petit panier renfermant six verres à liqueur en argent uni.

128 — Service en argent de style Louis XV composé de douze couverts de table, douze couverts à dessert, douze couteaux manches argent, douze cuillers à café, douze couteaux à dessert manches argent et lame acier, douze couteaux à dessert manches et lames argent, une cuiller à ragoût, une louche et une cuiller à sauce de la maison Regnier.

129 — Service en argent de style Louis XV composé de douze cuillers et fourchettes, de douze couteaux à manches d'argent, de la maison Moutot.

130 — Service à hors-d'œuvre et à gâteaux en argent ciselé de style Louis XV composé de quatre pièces.

130 *bis* — Six fourchettes à huitres en argent, manche ivoire.

131 — Service à poisson en argent.

132 — Terrine garnie d'une bordure Louis XV en argent ciselé, à feuilles de choux, couvercle surmonté d'une poule avec ses deux poussins.

133 — Coupe forme feuille en argent ciselé et repoussé supportée par une figurine d'amour.

134 — Moutardier de style Louis XV en argent ciselé.

135 — Glace à main, entourage en vermeil ciselé de style Empire, poignée en nacre gravée.

136 — Jardinière en cristal gravé, monture en vermeil ciselé et ajouré à écussons, couronnes et guirlandes de lauriers, style Louis XVI.

137 — Corbeille à pain en argent ciselé et ajouré, bordure treillagée.

138 — Petite coupe vide-poche supportée par une figurine de femme assise sur un rocher.

139 — Petite tasse à déguster en argent ciselé.

140 — Quatre petites salières doubles et quatre pelles à sel en argent ciselé de style Louis XV, de la maison REGNIER.

141 — Deux porte-tasses avec leurs soucoupes en argent ciselé, bordure à feuilles de chou.

142 — Sucrier en cristal, couvercle et monture en vermeil, style Ier Empire.

143 — Petite coupe en onyx, bordure en argent ciselé, à rubans et feuilles de laurier.

144 — Petite tasse et soucoupe en argent gravé et guilloché.

145 — Quatre petits pots à crème, couvercles et montures en argent ciselé, bordure à feuilles de chou.

146 — Porte-tasse et soucoupe en vermeil ciselé à feuilles de chou.

147 — Porte flacons en vermeil, bordure à guirlande de fleurs et renfermant quatre flacons.

148 — Carafon à anses plates, monture et bouchon en argent ciselé à fleurs.

149 — Petite aiguière en cristal, monture argent.

150 — Porte cure-dents en argent repoussé à personnages, style Louis XV.

151 — Grande bonbonnière en cristal, couvercle en argent repoussé à branches d'œillets.

152 — Boîte à poudre en cristal, couvercle en argent repoussé à écusson.

153 — Petite salière, forme casserole, en vermeil.

154 — Coquetier en argent ciselé et repoussé à rinceaux fleuris.

155 — Pelle à poudre, fourchette, cinq petites cuillers à sel et pince à bonbons en argent.

156 — Sucrier de forme sphérique en argent, bordure à lambrequins. Epoque Louis XIV.

157 — Encrier de poche en argent martelé.

158 — Deux pelotes à épingles montées en argent.

159 — Miroir à main en vermeil ciselé. Style Premier Empire, poignée à figure de sphinx engaîné se terminant par un anneau.

160 — Vaporisateur en cristal gravé, bouchon en argent ciselé.

161 — Flacon en cristal taillé, bouchon et double fond en argent.

162 — Flacon à liqueur en cristal, bouchon en argent ciselé double fond formant petit verre en argent à dessin feuillagé.

163 — Six pièces : Flacons boîtes à poudre et à brosses en cristal gravé, bouchons en argent ciselé de style Louis XVI.

164 — Six brosses garnies en argent repoussé. Style Louis XV.

165 — Flacon à sel en cristal, bouchon en argent de style Louis XV.

166 — Bonbonnière ronde à couvercle en argent repoussé de même style.

167 — Miroir à main en argent repoussé, style Louis XV.

168 — Plateau de service en argent, gravé au centre d'un médaillon, bordure ciselée de style Louis XV.

169 — Cafetière et sucrier en argent de même style, modèle à cannelures tournantes.

170 — Sucrier à poudre en cristal gravé, monture en argent de style Louis XV.

171 — Jardinière de forme lobée en argent ciselé, décor à branches de feuillages en relief.

172 — Vase à fleurs en argent repoussé dessins à cannelures tournantes, rinceaux et branches de fleurs.

173 — Vase sur piédouche en argent ciselé et repoussé décor par compartiments à guirlandes de fleurs, culot feuillagé, style Louis XVI.

174 — Cafetière en argent bordure ciselée à feuillage et perlé offrant en relief des tores de lauriers.

175 — Petit plateau présentoir en argent bordure à anses ciselées, style Louis XV.

176 — Coffret en ivoire garni en argent ciselé de style Ier Empire.

177 — Coupe ronde en argent, bordure ciselée à entrelacs de feuilles de chêne et de laurier.

178 — Boite à fard en argent guilloché ornements à feuillages, guirlandes et bouquet de fleurs.

179 — Jardinière forme trirème en argent anglais.

180 — Bonbonnière ronde en vermeil ciselé, décorée en relief sur le couvercle d'un buste de femme. signé RASUMNY.

181 — Tasse à déguster en argent ornée, au fond, d'une médaille à l'effigie de Louis XV.

182 — Cuiller en argent ciselé, partie dorée, bordure à jour.

183 — Petite corbeille ajourée, à anses plates en vermeil, travail anglais.

184 — Petit légumier et son couvercle en argent bordure à filets et rubans, anses plates à décor feuillagé.

185 — Légumier rond en argent, anses plates ciselées de style Louis XV.

186 — Coupe à bonbons forme cœur en cristal gravé monture en argent à bordure perlée anse ciselée à rinceaux et feuillage.

187 — Deux coupes à fruits sur trois pieds en argent repoussé, parties à jour, bordure ciselée, style Louis XV.

188 — Coupe ronde en argent à cannelures, bordure ciselée à feuillages.

189 — Coupe ronde en argent, bordure ciselée à rinceaux feuillagés.

190 — Petite ménagère en argent ciselé composée : d'un moutardier, d'une salière, d'une poivrière offrant en relief des scènes dans le goût de Téniers, et un plateau.

191 — Coupe en argent uni, bordure dentelée, anses feuillagées.

192 — Boite à cigarettes en bois plaqué d'argent orné sur le couvercle d'un médaillon enrubanné.

193 — Petite corbeille en argent, travail en partie ajouré bordure ciselée.

194-195 — Deux carafes en cristal, monture et bouchon en argent ciselé Louis XV.

196 — Deux aiguières, monture argent, style Louis XV.

197 — Carafon à panse plate, monture en métal argenté à treillage et fleurs de lys.

198 — Garniture de toilette composée de cinq boîtes, six flacons, deux bols à éponges en cristal, couvercles et montures en métal argenté.

199 — Deux aiguières et une cafetière en métal argenté, ciselé à fleurs, volatiles et animaux, travail persan.

200 — Presse-citron, monture en métal argenté.

201 — Sceau à glace, monture en métal argenté.

202 — Quatre dessous de carafes en métal anglais.

203 — Dix fourchettes et dix cuillers en métal argenté.

204 — Deux louches en métal argenté.

205 — Six petites cuillers à café en métal argenté.

206 — Pince à asperge et pince à sucre en métal argenté.

207 — Deux porte-bouteilles en métal argenté.

208 — Plateau et brosse à miettes en métal argenté.

209 — Ménagère en métal anglais.

210 — Deux verres à citronnade en métal argenté.

211 — Salière en cristal monture argentée.

212 — Deux porte-curedents en métal argenté à torsade.

OBJETS DE VITRINE

213 — Jolie petite pendule miniature en bronze finement ciselé et doré, travail ajouré; montants à cariatides de femmes. Style Renaissance.

214 — Groupe en porcelaine de Saxe : Bacchus, Vénus et Enfant.

215 — Groupe en porcelaine : Le Colin-Maillard.

216 — Groupe en porcelaine de Saxe : Le Char de Vénus.

217 — Huit figurines en porcelaine, genre de Saxe.

218 — Tasse trembleuse en porcelaine de Berlin, fond jaune à médaillon, sujet Watteau et fleurs.

219 — Deux petites bouteilles et un cendrier de Saxe.

220 — Dix-neuf boucles de différentes formes ornées de pierreries. Style XVIIIe siècle.

221 — Six boutons de costume de différents modèles en strass.

222 — Broche modèle à rubans en brillant et roses.

223 — Broche forme paon en filigrane d'argent doré.

224 — Brochette avec quatre décorations.

225 — Dé en argent et turquoises.

226 — Petit vase en vieux Chine famille rose, décor paysage fleuri et lambrequins.

227 — Panier en porcelaine genre Saxe, groupe d'amours au milieu de draperies chiffonnées.

228 — Petite figurine de Chinois couché, en bronze.

229 — Petit groupe en composition décorée : enfant s'amusant avec des oiseaux.

230 — Groupe en biscuit : Vénus et l'Amour.

231 — Poule et poussin en porcelaine genre Saxe.

232 — Cœur et six médailles-pendentifs en cuivre et argent.

233 — Bouton de costume en ivoire avec médaillon de tête de femme peint.

234 — Médaillon avec miniature : portrait de femme entouré de demi-perles, chiffre au revers, monture or. Style Louis XVI.

235 — Porte-mine en or et émail bleu fleurdelisé.

236 — Pendentif en argent et émail, modern-style.

237 — Médaille de la Société des Régates de Monaco, au nom d'Eugénie Fougère.

238 — Grande médaille russe en bronze.

239 — Flacon à sel, monture or, enrichi d'un péridot et de roses.

240 — Pendentif en or représentant saint Georges.

41 — Grande miniature ovale sur porcelaine : l'Innocence endormie.

242 — Miniature rectangulaire : la Présentation. Cadre en bronze doré.

243 — Miniature : le Rendez-vous.

244 — Miniature ovale sur ivoire : portrait de femme Louis XVI, montée en médaillon, avec verre bleu au revers et inscription.

245 — Boîte à médailles en or gravé avec chiffre.

246 — Bonbonnière en ivoire sculpté. Epoque Louis XV.

247 — Bonbonnière en argent émaillé russe.

248 — Bourse à cottes-de-mailles en or.

249 — Bonbonnière en argent doré et repoussé à écusson, avec chiffre.

250 — Bonbonnière argent doré à rocailles avec miniature portrait de femme.

251 — Petit coffret en porcelaine de Naples, décor à sujet rustique en relief.

252 — Porte-cigarettes en or martelé enrichi d'un brillant jonquille et de deux saphirs cabochons.

253 — Miroir guilloché et poli avec émail, joueuse de triangle, entouré de strass et pierres rouges.

254 — Cachet en bronze argenté : l'arbalètrier.

255 — Porte-cigarettes en émail et argent : décor à scènes galantes et champêtres.

256 — Peinture sur porcelaine : la Vierge à la chaise.

257 — Boîte à charnière en porcelaine genre Sèvres, décor bleu et à fleurs.

258 — Manche d'ombrelle en verre, monture émaillée, genre translucide.

259 — Petite figurine en bronze vert. Style antique.

260 — Miroir de trousse en or mat.

261 — Petite divinité indienne en bronze, patine claire.

262 — Boîte en écaille avec miniature au fond représentant Persée et Andromède.

263 — Figurine en ivoire japonais, personnage couché.

264 — Petite coupe forme coquillage, anses à cariatides d'enfants en bronze doré.

265 — Petite coupe en marbre onyx d'Orient portée par trois figurines d'enfant en bronze doré

266 — Maisonnette et arbuste en argent.

267 — Petite lampe de fumeur forme aiguière en cristal, monture en métal argenté.

268 — Figurine en terre cuite, genre Tanagra.

269 — Eventail du temps de Louis XVI à double face à scène champêtre inspirée de Boucher, monture en ivoire ajouré rehaussée d'or.

270 — Eventail en point de Bruxelles, monture ivoire et or.

271 — Trois éventails en écaille blonde et écaille brune garnis de plumes.

272 — Eventail en écaille brune et gaze noire peinte: ours dans les glaces, par Thomasse.

273-274 — Quatre petits éventails, styles Empire et Chinois.

275 — Eventail, monture en ivoire repercé, feuille peinte à médaillons de femmes, amours et guirlandes de fleurs.

276 — Trois éventails, montures en nacre et en cuivre.

TABLEAUX

PASTELS — GRAVURES

D'AUBÉPINE

277 — *Quand le chat dort.*
Gravure.

BOUCHER (d'après)

278 — *Amours à la cage.*
Amours au carquois.
Amours moissonneurs.
Trois dessus de portes en camaieu rouge.

DESPARMET (FITZ GERALD)

279 — *L'Avenue du Bois.*

280 — *L'Avenue des Champs-Elysées.*
Deux pendants.

FLAMENG (d'après FRANÇOIS)

281 — *Le Bain des dames de la cour.*
Gravure en couleur.

GIRARDET (d'après LÉON)

282 — *Pierrot et Pierrette.*
Gravure encouleur.

GOODMAN (d'après Maude)

283 — *When the heart isyoung.*

284 — *And lived happily ever after.*

Deux gravures.

GREUZE (d'après)

285 — *La Jeune fille à la colombe et la jeune fille au bouquet.*

Pastels.

INGRES (Ecole de)

286 — *Nymphe.*

DELORT

287 — *A la fontaine.*

288 — *Le Postillon.*

Deux gravures en couleurs.

LA LYRE (Ad.)

289 — *Rêverie.*

REGNAULT (d'après)

290 — *Le Lever et le bain.*

Deux petites gravures en couleurs

ROSSI

291 — *Quand il y en a pour un, il y en a pour deux.*

Gravure en couleur.

292-293 — Deux gravures en couleur : *Les Surprises du bain, L'Amant surpris.*

Cadres style Louis XVI en bois sculpté et doré à rubans enroulés et perlés.

294-295 — Deux gravures en couleur : *La Surprise et le premier aveu.*

Cadres ovales Louis XVI à nœud de ruban.

296-297 — Deux gravures en couleurs : *Le Carquois épuisé. L'Heureux moment.*

Cadres Louis XVI à nœud de rubans.

DENTELLES, GUIPURES

FOURRURES, GARDEROBE, LINGERIE

298 — Six dessous de carafe, dont quatre en dentelle de Bruges, et deux en Venise.

299 — Grand col en guipure.

300 — Grand volant de jupes en dentelle de Bruges.

301 — Grand col pélerine en guipure écrue.

302 — Trois morceaux de tulle brodé.

303 — Deux manches de corsage en tulle brodé.

304 — Trois morceaux de guipure de Venise.

305 — Dessus de cheminée en mousseline crème brodée garnie en dentelle de Cluny.

306 — Deux dessus de cheminée en dentelle.

307 — Dessus de lit en taffetas rose recouvert de mousseline de soie plissée.

308 — Cinq morceaux de guipure d'Irlande.

309 — Cravate en mousseline garnie de point d'Alençon.

310 — Grand col fichu en mousseline brodée à grappes de raisin et oiseaux sur des branches entouré de dentelle de Malines.

311 — Dix morceaux de Valenciennes.

312 — Quatre grands morceaux en application d'Angleterre.

313 — Coupe de dentelle en blonde.

314 — Corsage en taffetas crème entièrement recouvert en dentelle de Bruges.

315 — Garniture de robe en application, cinq pièces.

316 — Lot de dentelles diverses.

FOURRURES

317 — Beau paletot en zibeline doublé de satin crème et garni de mousseline.

318 — Paletot en loutre doublé de satin crème.

319 — Paletot en drap grenat doublé de chinchilla, col en Kamchatka.

320 — Boléro en loutre doublé de satin crème garni de velours rouge et passementeries.

321 — Manchon plat en zibeline garni de deux têtes et de deux queues.

322 — Cravate Stella en renard noir argenté naturel.

323 — Cravate Trianon en dos de gris doublé en ventre de gris avec six pattes en dos de gris.

324 — Col Marceau : Deux revers et un morceau en Chinchilla.

325 — Col Moscovite en renard bleu.

326 — Fourrage de collet en zibeline.

327 — Trois morceaux et quatre queues en zibeline.

328 — Tapis en ours blanc, tête naturalisée, doublé de soie verte.

329 — Neuf mètres soixante-cinq de Passepoil en queue de Vison du Canada.

330 — Couverture en dos de gris doublée en tartan écossais.

331 — Manchon Britannicus en loutre du Cana

332 — Manchon Britannicus en chinchilla.

333 — Couvre pieds en chèvre blanche doublé de satin rose.

334 — Petit tapis en hermine.

335 — Boa en mongolie blanche.

LINGERIE

336 — Trois services de table brodés et garnis de dentelle composés chacun d'une nappe et de douze serviettes.

337 — Service de table pour douze couverts en toile damassée fond jaune.

338 — Onze chemins de table et dessus de meubles en guipure et garnis de dentelle.

339 — Quatre coussins en batiste, brodés et garnis de dentelle.

340 — Six petits napperons et quatorze serviettes à thé, brodés et ourlés à jour.

341 — Vingt-trois draps de dessus en toile brodée, garnis de guipure et de dentelle.

342 — Seize taies d'oreillers garnies de dentelle et brodées.

343 — Deux nappes et vingt-cinq serviettes de table en toile brodée à jour.

344 — Cinq peignoirs en linon garnis de dentelle.

345 — Environ cinquante chemises de jour et de nuit en batiste et en linon, garnies de Valencienne et guipure.

346 — Environ trente pantalons en linon, garnis de Valencienne.

347 — Dix cache-corsets garnis de dentelle.

GARDE-ROBE

348 — Nombreuse et belle garde-robe : robes de ville et de soirées, jupes, jupons, peignoirs, corsages, manteaux etc., en majeure partie sortant de la maison PAQUIN.

349 — Environ trente chapeaux divers.

350 à 356 — Douze parapluies et ombrelles, man-en or, argent et ivoire etc.

357 — Environ vingt paires de chaussures.

TENTURES, TAPIS

ETOFFES

358 — Décor de fenêtre composée de deux grands rideaux en satin crème rayé avec doubles rideaux en mousseline crème garnis de dentelle de Cluny.

359 — Décor de fenêtre composée de deux grands rideaux et trois portières en soie rose, garnies de dentelle de Bruges.

360 — Décor de fenêtre composée de deux grands rideaux en soie rouge brochée à fleurs et nœuds de rubans avec doubles-rideaux en soie crème brochée à fleurs.

361 — Garniture de baie en velours vert liberty à fleurs et feuillages, composée de deux grands rideaux et d'un lambrequin.

362 — Dix petits rideaux en mousseline brodée et garnies de dentelles de Bruges.

363 — Store et deux rideaux en mousseline brodée et carrés de Cluny.

364 — Vingt-deux brise-bise en satin crême dont seize garnis de dentelle de Bruges.

365 — Deux stores étroits en taffetas garni de tulle brodé.

366 — Dix coussins recouvert de soie garnis de mousseline et de dentelles.

367 — Sachet avec applications de guipure.

368 — Dessus de piano en satin de Chine fond crême, brodé d'or et de soie à volatiles, fleurs et papillons.

369 — Couvre-pieds en soie rose.

370 — Dessus de lit en soie blanche orné d'applications en broderie dessin à guirlandes de fleurs et nœuds de rubans.

371 — Bandeau en satin de Chine brodé de fleurs et d'oiseaux sur fond rose.

372 — Petit tapis oriental à broderie métallique.

373 — Dessus de meuble en soie brochée.

374 — Tapis de table en moire verte garnie de guipure.

375 — Tapis de table en imitation de tapisserie au point et au petit point.

376 — Grand tapis en peluche verte.

377-382 — Six tapis en moquette à dessin vert.

383 — Carpette en moquette.

OBJETS ET MEUBLES DIVERS

384 — Baignoire.

385 — Batterie de cuisine.

386-391 — Meubles de lingerie et de cuisine.

392 — Objets omis.

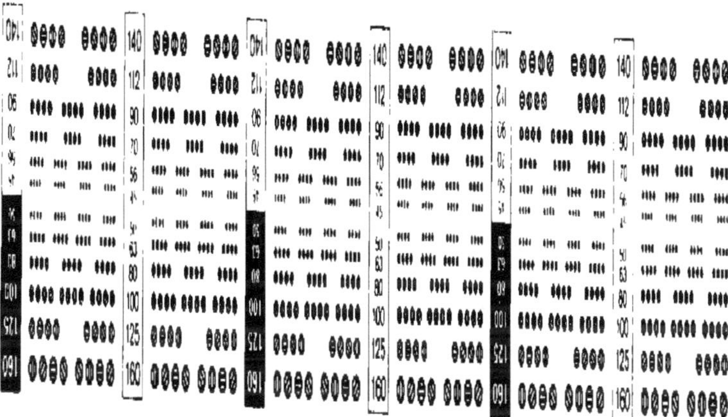

MIRE ISO N° 1
NF Z 43-007
AFNOR
Cedex 7 - 92080 PARIS-LA-DÉFENSE

www.ingramcontent.com/pod-product-compliance
Ingram Content Group UK Ltd.
Pitfield, Milton Keynes, MK11 3LW, UK
UKHW021028180726
13838UKWH00004B/1669

9 782329 312415